歌集

安寧

大坂康子

砂子屋書房

＊目次

蠟燭の灯り　13
祈りよ再び　18
無名戦士の墓　24
稲の穂　26
被災地の路地　29
菫かかえて　34
津軽山唄　37
夢物語　41
仮設住まいの少年　45
「群馬の人」　49
絵手紙　52

ＪＡＸＡ　56
薔の香　59
使徒信条　62
ペルシャのクロス　65
花虻　69
星そろう頃　72
羽色　77
雪降る夜に　80
光の子ら　83
水の匂い　87
献堂式　92

半切紙　94
きみどりの更紗　99
敗戦記念日　102
シャーロームと記し　105
眼差し　108
ひかり鉄色　111
野焼きの炎　114
右巻きの貝　117
日記帳　120
イスラエル便　125
朝のコーヒー　128

燕と暮らす 131
晩夏の光 136
アドベント迫る 139
斑雪降る 142
復活祭 145
朝影の中 150
氷菓を解く 153
清しき声 157
高原大根 161
備忘録 164
大河の向こうに 166

母の声　170
茗荷を掘る　173
リトグラフ　176
ハヌカの祭り　179
春風吹かな　183
花燃ゆる日は　186
浜だいこん咲く　190
朝あけのころ　194
懐かしき声　197
丘より望む　201
雁わたる下　205

あとがき　209

装本・倉本　修

歌集 安寧

蠟の灯り

蠟燭の明かりが闇にともるとき世は静もれり生れたるごとく

大地震《おおない》に破るる障子の隙間より月のあかりの細く入りくる

地震の夜に帰宅難民一泊すバナナ菓子パン分けあいて食ぶ

一家族十リットルのもらい水煮沸せよとの言葉とともに

飯を炊き鍋に持ち来る子のありてレトルトカレーが夜の卓に載る

摘み置ける蕗の薹の茎伸び来たりあれから七日目余震のつづく

蠟の灯り消し戸の外に出でたれば月昇りくる望月近し

腕時計、眼鏡、帽子をかたえに置き靴下を履く仮寝の夜は

右手首に懐中電灯の紐を結び浅い眠りに夜はふけゆかず

聖書のみリュックにおさめ徒ゆきぬ日曜礼拝四キロの道

庖丁や俎板洗う水のなく味噌汁の葱を鋏にて切る

浸し店にあがなう帰りしなラッパ水仙二本を貰う

崩るる本片付けながら読み進む八木重吉の『貧しき信徒』

祈りよ再び

日常のように鉢花を日に当てる春蘭、えびね、雪割草など

力こめ米研ぐことも幸いのひとつと思うあの地震を経て

両の手にごみ袋を下げ野道ゆく卯月の雪が目の前よぎる

新聞の一面真中に載る写真「祈りよ再び」流木の十字架

流木の十字架がたつ教会は気仙沼にあるわが母教会

崩れ落つる荷を片付けて手にしたるポピーの種を鉢に蒔きたり

青紫蘇とポピー、ケナフの種を蒔く風光らせて燕のよぎる

今まさに蒔く季来たる花の種ちいさな粒を土に並べる

被災地の友人の無事を確かめて有り合いの具のちらし寿司食む

沸騰後十五分茹で火を止める復活祭の百個の卵

若草を踏んで駈けだす児の靴の赤いリボンは花びら弾く

とめどなく若葉の影の充つる野辺ゆきて花の香ただよう畑に

数うれば数多のカヌーが軽やかに川面の影となりつつ滑る

入部のち間のない男子が髪の毛をぐっしょり濡らし櫂をあやつる

川べりに春の花みな咲き満てり部活のカヌーは力まず進む

時折は私語が川面を滑り来て部活の後のこと等聞かす

引き上げる櫂が伴う水滴のかがよう一瞬カヌーは進む

無名戦士の墓

雑草が迫り出すように茂る道さぎ草ゆらし川風の飛ぶ

濃い紅の滴をつらね咲くデイゴ無名戦士の墓苑のあたり

青筋の翅ゆらせゆく蝶を目で追いつつ戦士の墓へ近づく

異国より遺骨で帰りし人の墓六角形の屋根に被わる

九段坂あたり歩めば刈草のかすかな匂い風にのり来る

ニコライ堂の鐘鳴り告げる午前十時正教会の祈りの時を

稲の穂

あざみ咲き隆起陥没する道が斜に続くわが散歩道

いかほどの傾きあらんと水準器携うる人の京ことば聴く

セシウムを吸い実りたる稲の穂の垂れおり畦に曼珠沙華咲く

干涸らびし獲物数匹巣に下げて留守する蜘蛛よ日盛りの過ぐ

蜘蛛の巣の糸切れ垂るるその先に枯葉一枚下がり揺れいる

秋風の立てば秋刀魚の届きたる去年までのこと君の召されて

以前には遊覧船の乗り場なり小雨の中にショベルカーの音

行き慣れし道の辺りかぼうぼうの空き地となりて方位失う

被災地の路地

どの人もみなが被災者使ってはいけない言葉の注意を受ける

身の上は福音自由教会員名札を下げて帽子のつば引く

心地よい潮風なれど知らぬ土地地図に確かめ物資を配る

本当にもらっていいかと念を押す媼の両手にそっと品を置く

聴いてくれと言わんばかりに語りだす嫗の口元やわらかに動く

今日のみで閉店するという店の前を通れば茶の誘い受く

白髪に潮風が触れ飛び過ぎぬ支援物資をみな配り終う

海風に老いの冠なびきつつ万石橋をゆっくり渡る

この橋を渡り進めば常長のローマ目指せし船と会わんか

深呼吸しながら橋を渡りゆく奉仕の任務すべて解かれて

被災者の友が秋刀魚を贈りくるなんということ夕べに焼かん

藁焼きの煙きりきり立ち昇り狼煙となれず蒼空に消ゆ

稲藁の煙たなびく集落の柿の実ずっしり光をはじく

菫かかえて

雑木木の枝うならせてほえ猛る獣のごとく春の風ゆく

草原を素足に歩むひとり見ゆ節榑立つ手に野の花を持ち

わがもとにおいでくださる予感せり野に咲く菫の束をかかえて

残雪を草色の風が滑り出す橅の梢はいまだ銀色

水の面をはみだすように植えられる苗にまつわる風しなやかに

語り合う事のあらねば黙黙とまれにふたりでウオーキングする

時折は鳴く鳥仰ぎ立ち止まる尾長の群はうすい青色

津軽山唄

あわあわと林檎の花に霞立ち津軽平野を息吹の翔ける

海に降る雪を想えば一の糸激しく狂《ふ》れて津軽じょんがら

山脈を越えて若葉にふりそそぐ蝦夷《えみし》の風の勢い弾む

あいの手にまわす小節の絶妙さ津軽山唄ふかい藍色

三味の音と海のあおさが穏やかに同化するよに波よせてくる

夜の海に太鼓の音が転《まろ》びゆく旅にしあれば何か沸沸

漁火のごと湾内に点る灯の見ゆるかなたに上弦の月

出航の任のすべてを解かれたる八甲田丸の灯火のうすし

夜の海に見えるはずなどないものを歯舞、色丹ふいに思いぬ

帰るあてなき北方の島島に朽ちつつ墓のあるを聴きおり

夢物語

身をかがめ靴紐結ぶ指先に蜻蛉とびくる羽音とともに

こんにちは声をかくれば青年の歩荷《ぼっか》は腰に手を当ててゆく

湿原に日光黄菅の群つづきこだまのごとく郭公の鳴く

熊よけの鈴の音澄みてわたる原　鬼の矢柄の足もとに咲く

木道に六人ならびまなこ閉じ「夏の思い出」歌いだすなり

夏の夜の池塘に映る流れ星夢物語は序破急がよし

パーティーは明け四時半の雲海のたなびく原へ露ふみて発つ

池塘から霧立ちのぼり綿菅の穂先くすぐりわずか潤す

浮島はあれやも知れぬとさす指の先の池塘に未草《ひつじぐさ》浮く

そろそろと小川の水が乾びゆき蛙にならない蝌蚪尾をゆらす

手の届くところに水をしまいこむ鳩待峠の上の白雲

すべるごと地塘の水面を泳ぎゆく井守やさしき漣を連る

仮設住まいの少年

まなじりをくしゃくしゃにして笑み溜むる少年小脇にボールを抱う

外に出て誰かと話しするなんてなんか不思議とボール操る

右足を高く蹴り上げキックする少年の靴先きらめき強し

長いことサッカーする日を待っていたと少年はにかみ汗額《ぬか》に乗す

手の甲で汗ぬぐいつつシャツを脱ぐ少年耳朶をほのかに染めて

少年の心にふっと陰がさす津波がなければ会えなかったね

下校後は母の帰りを待ちながらゲームを友とし家に籠りぬ

子をひとり仮設舎に残し仕事する母は五百円の小遣いを置く

少年のまた会いたいと言うを聴きクリスマスならと約束をする

帰りゆくわれらの車を狙うような初雪のエリアにすっぽり塡まる

枝先に残るわずかなもみじ葉を予報通りに雪かくしゆく

「群馬の人」

血管の浮く右の手に粘土箆握る忠良九十六歳

強靱な心を示す頬骨のボリューム厚き像「群馬の人」

唇を真一文字に結びたる「群馬の人」は遠くを見据う

かけ声を共にかけたきうんとこしょ『おおきなかぶ』の原画の前で

牙のよに同じ太さで並びいる若い氷柱の勢いあまる

綿あめのようにふわふわ落ちる雪のぞみのかけら足るほど含み

絵手紙

カーテンを閉ざす仮設舎の軒先に干物の烏賊が竿に吊るさる

寒風に晒され干あがり変形し奇怪なさまに鱈の目かわく

絵手紙にピーマン描く手をとめて己だと言う空洞を指し

ピーマンの洞描く人の持つ絵筆顔料をのせ太い線ひく

袋詰めせる日用品たずさえて訪ねる家は老人ばかり

干し物に児らの遊び着見あたらぬ冬の日影に風花あそぶ

チャイを持ち訪れくれる宣教師パキスタンの歌をみなに教える

ひとり住む母と昼餉をとると言う人の器に豚汁を注ぐ

咲き揃う桜のうえに綿雪の花びらとなり頻り降りくる

喉元に手を添えネクタイ確かめる青年牧師説教の前に

山椒の若葉をつまみポケットに入れたり道は登りにかかる

ＪＡＸＡ

里山に竹の秋見つつ筑波へと東北道をひたすら進む

花群のニセアカシヤを誉めあえり磐越道のゆるき坂道

原風景青田色してよみがえる「七つの子」など口ずさみおれば

マロニエの葉擦れさやさや鳴る道を絶滅危惧種の花を見に行く

老人用信号という文字のあり理解せぬまま歩道をわたる

木木の葉の緑かさなる交差点忍冬《すいかずら》の花の香ただよう

地球とはこんなに青い星なるかＪＡＸＡのモニターあざやかに映す

繭の香

たそがれの闇降るなかに烏瓜あみめ模様の花ほどきゆく

師の召され梅干し作りの途絶えおり六年ぶりに赤紫蘇を揉む

掌で粘土をこねる時のごと赤紫蘇を採む手指染みつつ

天の川見ゆる夏の夜梅の実を露に打たせる慣わしに添う

風入ればほのかに藺の香を放つ衣桁に吊るす身頃のあたり

葉のかげにルビーの色を思わせる鬼灯ひそみ梅雨かがやかす

雨情とはゆかりなき地のわが町に夕べ「七つの子」のチャイム鳴る

睡蓮の花咲く池の糸蜻蛉くさ色の腹を水に映せり

冬鳥の発ちたるのちの沼おおう青い蓮の実に風があそべり

使徒信条

時雨色する畦道の草を踏み使徒信条を反芻しゆく

鳥ほどの大きさとなりグライダー虹の尾っぽと同化してゆく

藤のさや北風に押され鳴り出だす乾いた音の野を渡りくる

初雪の降る静けさに水仙の柔らかき芽の拉《ひさ》がれてゆく

憲法や秘密保護法に触れずして氏名連呼の選挙カー過ぐ

雪降りを暗示するかに鼠色の雲たちこめて集落つつむ

ペルシャのクロス

積む雪が屋根に迫り出し滴する一秒ごとの光となりて

降る雪の積もり始める気配する遮断機の音かすかに聞こえ

ほんのりと頬に雪焼けできるまで雪搔きをする蒼空の下

群青の勾玉模様を染めつけるペルシャのクロスを額に納むる

水仙の芽にうっすらと積む雪に黄色の日射し匂うがごとし

陽に向かいコートのボタン一つずつ外せり道に積む汚れ雪

耳を立て降る雨音をたしかめる春にはしばし間のある宵に

棒状に切りたる人参、セロリーの面よりただよう春のまぼろし

すっぽりと冬の日射しに包まれてキャベツ畑の雪解け出だす

鉤編みの目をかぞえつつ編む模様子に届くころ寒緩むやも

花虻

狐鳴く川のほとりに摘みきたる菜はおしなべて黄の花を付く

黄の花は土手の傾りに咲き乱れ虻の羽音の止むことのなし

靴下を脱いでかけゆく幼子は白い踵を草色に染む

一枚の若葉となりてジャンプする素の足裏で草を踏みしめ

はつ夏の光さやさや泳ぎだし水田の水あふるるばかり

従順を「やわらか」と訳す書を前にガラス戸を開け光吸いこむ

手の届く高さにあらぬ枇杷の実の蚕豆ほどの大きさとなる

青い尾の蜻蛉すばやく身をかわし蓮の葉陰を出でつ戻りつ

十戒の「殺すなかれ」を読む朝に孵化するメダカ七匹泳ぐ

星そろう頃

『戦争のつくりかた』とう絵本読み流るる水に掌すすぐ

睡蓮の花のあわいを飛び交える灯心蜻蛉《とうしみ》の身丈映し水澄む

枇杷の実を啄み残し鳥去りぬ水撒く土の乾く日の暮れ

炊立ての飯を紙皿に盛りながら木の芽色する匙を添えゆく

大小のトマトを洗い笊の水ざざっと切りぬ落日を背に

暮れ初むる森へしみ入る歌声の余韻明るくさざ波のごと

ギター弾く青年の指ほの白し夏の夜空に星そろう頃

少女らの寝息たしかめ寝袋に息を殺して寝返りを打つ

アルタイル、デネブ、アンタレス、ベガ、さそり眠れぬ夜に仰げば近し

寝袋を畳めるおりに一匹の潰れ乾びし蟻を手に止む

ティールーム若き二人の会話聞く鈴木安蔵　憲法九条

なだらかなアーチのバイパス登りゆく山の目線に触れしここちに

この朝もこもる暑さに従いぬまた巡り来る敗戦記念日

羽色

アドベント近づく朝の玄関を清めて鉢のポインセチア置く

温き陽の刈田に降りくる雁の群　土と溶け合う羽色を並ぶ

柿の実を濡らしそばえの通り過ぎ里の街道行く人の絶ゆ

少年の抜けし乳歯のさまに似る柘榴の種子を手のひらに受く

逆光は解るる花穂を包みこみ白茅《ちがや》の原をおぼろに埋む

山頂の雪をかすかに残すのみ冬霧は里をあまねく覆う

降る雪が地上すべてを包むとき春の息吹の目覚めてゆくか

靴跡に雪解け水が薄氷となりて解けざる雲厚き日は

雪降る夜に

ムーン・リバー聞きつつ泳ぐ冬のひかりプールの底に漂う頃を

うす氷の少しずつ溶け冬日射す枝に小さき鳥ら囀る

ツツピーと一羽の山雀しきり鳴きレンガ色する胸ふくらます

音のなく雪降る夜に認める便りに長く思い出たぐり

寒い日に歯科医は前歯の染み除き元気に笑えとわれに言いたり

雨水なる日の空おもき雪模様ストーブを寄せ暖を取るなり

ナイフ手に鉛筆の芯を尖らせる木の香にただよう娘の面影

本当の日本人になりたくて日本国憲法前文を読む

包丁の背を当て円鱗けずり取る春告魚の銀色の腹

光の子ら

信仰の自由を掲げる人ら行くシュプレヒコールの余韻にひたる

急くでなしただ緩やかに降る雪に田園を埋むる強かさあり

目覚めれば雪ひと色の朝となり垂氷の先に光とどかず

斑雪ちらちらちらと舞い春近し雀は枝で羽毛ふくらす

長閑なる日を浴み温める葦原の水に蹴伸びの蛙うごかず

門ごとの枝に花満ち静もりぬ媼ふたりが畑菜摘みおる

売り家と札が下がれる庭のすみ白木蓮の蕾の高し

会う人はみな老い人の道の端小川は花びら浮かせ流れる

ひらがなに記す名札を胸に付け光の子らの靴新しき

水の匂い

蒲色の葦が角ぐみひかり帯ぶるふるさとの春の野辺に来て立つ

張り水の満ちる田のなか行き来するザリガニ漁る鴉の群が

蒲公英が園舎の跡地を埋めつくしうららうららと綿毛を飛ばす

弛みたる電線映す水張田にさざなみの生れ夕べ翳さす

早苗田に映るいぐねの影淡し空気湿らせ雨降り始む

水の上にようやく揃う早苗の秀なでゆく風の冷や冷やとする

水張田に蛙しきりと鳴き合える里の夕べは水の匂いす

ひと粒の雫に濡れいる茱萸の実を口に運べばえぐみの残る

高高と桐の花咲く里の道傘にたまれる雨こぼしゆく

麦畑を群青色の風わたり芒は大きく波を打ちたり

絹さやに蝶のかたちの花が付き山鳩の声弾みて聞こゆ

弓なりに反る絹さやの筋つまみ引くひと息に夏は近づく

梨の花いちどきに咲きしずもれるわれのふるさと三日月淡し

献堂式

流木に組む十字架を立たしめるかの日教会が流されし跡地

教会を波が攫いて四年経る今日迎えたり献堂式を

車窓より採石場の山肌の削られし見ゆ陸中松川

大正より石灰石を掘りいるや採石場若き賢治つとめき

やわらかに萌ゆるみどりは山間の集落とその駅をつつみぬ

山の端に薔薇色の太陽沈みゆき土手にけものの匂う風吹く

半切紙

黒塀に子規の句を貼る家家のつづく根岸に夏の陽昇る

硝子戸の間よりみどりの風が入る子規終焉の畳のうえに

鶏頭の双葉の茎の紅色をかがみ眺むる子規庵の庭

子規庵の縁側を下りめぐる庭虫よけの煙　梅の実に及ぶ

黒黒と熟るる桑の実を隠す葉は日差しの勢いはね返しおり

夏空に鐘楼立たすニコライ堂淡路坂には日のまだ高し

空よりも空色らしい色の屋根ニコライ堂の八端《はったん》十字

其処此処のレンガに窪みの痕がある安田講堂の時計は十時

かの日にも銀杏並木は戦ぎしや催涙ガスと怒号のなかで

一葉の着丈九十六センチ色褪せぬ縞の黄八丈あり

竜泉寺おはぐろどぶの実存を模型が示すたけくらべの界

身の丈は百四十と数センチ一葉若く肩こりを病む

縁《えにし》切る想い綴れる一葉の半切紙の文字麗しき

きみどりの更紗

虎杖の葉身のみを食う虫が残す葉脈　幾何学模様

せせらぎを聞きつつ坂を登りゆく朝の林に碇草咲く

草に散る花を筵と円く坐す野外礼拝　賛美の勢《はず》む

きみどりの更紗の上を渡るごと風転《まろ》びゆく早苗田の面を

新緑と同化を拒み浮いている赤色二機のパラグライダー

キャベツの葉瑞瑞と生気あふるるを常備薬のごと朝あさに刻む

爪をたて土にころがる抜け殻は蜩ならん湿りをもてり

敗戦記念日

紫蘇の色を指に移して梅を漬く八月七日の近づく夕べ

つば広き帽子に日射しを遮らせ安保法制のデモに加わる

まだ生れぬ子らのためにとスニーカー履きて九条守るデモする

デモ隊は赤信号を進みたりこん棒を持つ警官の前

見も知らぬ人の片方に並びつつ青空あおぎシュプレヒコール

夏鳥の声にかわりて虫が鳴く七十回目の敗戦記念日

戦への道を整え九条を無視する国なり枇杷実りつつ

教え子を再び戦争《いくさ》へ送るなと言うスローガン幻のごと

シャーロームと記し

もつれつつ水に触れいる蜻蛉の漆黒の翅しなやかに動く

宙に浮き蜜吸う蝶の黒と黄の筋引く翅にゆきあいの風

小さき身にちさき竪琴鳴らす者ら朝な夕なを草に集えり

師の文の末尾は常にシャーロームと記されありきわれは慣いぬ

鉄橋を渡る列車の軋むおと曼珠沙華咲く野辺をまろび来

水草に憩うめだかの群れ失せぬ秋の日に干る小川の淀み

鬼灯の根もとで虫のすだく夜は梅の実漬けの色あいを見る

数匹の泥鰌が泳ぐ細き身をくねらせ底の土濁しつつ

眼差し

葉の散りし枝の高きに残る実の赤くきわだち時雨の上がる

枯れ草に鴉飛びゆく影移り畑に干さるる大根太し

里の田に人影見えず籾殻の燃える煙の細きむらさき

雁がねの鳴き渡るころ稲藁を燃やす匂いの野辺を流れる

鳴き声を刈田に残し飛ぶ一羽はぐれ鳥らし茶の羽を持つ

眠る前夕べの祈りの指を組み短く暮るるひと日を閉じる

氷に割る柘榴酢紅きグラス掲げ乾杯をする「旅笛」五周年

微笑みてわれを見つむる眼差しは宴に加わる亡き師の写真

ひかり鉄色

昼を告げるカリヨン鳴ればいちどきにメロディーふたつ響く街はずれ

障りなく長い年月暮らせたとマカロニ茹でる結婚記念日

時折の風花の髪に触れゆけり冬枯れの原に探す蕗の薹

浅き水脈《みお》引き飛び立てる鳥四、五羽冬の光に紛れゆきたり

川の面に腹の触るると思うほど鳥すれすれに暁を発つ

聖餐のパン噛みしめる窓の外わたし雪晴れて白雲の透く

梨の木の枝の細きが天を指す先うっすらと上弦の月

羽ばたきを止め旋回をする鳶が翼に乗せるひかり鉄色

野焼きの炎

春の日を帽子の鍔に集めつつ青年ひとり田起こしをする

腕捲りして春の田を打ち起こす人「楽天」の帽子をかぶる

冬鳥のすべてを送る沼の辺より野焼きの炎ゆらゆら上る

蓮華草、土筆、繁縷《はこべ》ら揃う野のかなたの頂いまだに白し

雪解けの水の面に触れながら柳萌えたち岸辺明るむ

仰ぎゆく栗駒山の雪形に駒の蹄のあらわれはじむ

広大な水田に早苗の葉先出で風になびかう泳ぐごとくに

北へ向く最終電車の一輛が水面に映す田ごとの明かり

右巻きの貝

つかの間を太平洋に背を向けて田圃の小川は北へと流る
野を渡る夕べの風に草の秀はさざ波のごと撓みつづける

髪の毛の一本よりも細い身のメダカの稚魚は飛ぶごと泳ぐ

面高の花の根方を通りゆく田螺の足あと曲線の筋

泥の上に腹足歩行の太い線数本引くは右巻きの貝

果てしなく田園地帯の続く地に避難所持たずわれは住みおり

葉の上を動かぬ蛙の前足の指は花粉を斑に付ける

露に濡るる秋桜を摘み玄関の光となさん子の帰省待つ

くぐもれる訛にこもる温かさお晩でがすと母の声する

日記帳

三句目を指になぞりつつ読んでゆく鳴子潟沼茂吉の歌碑を

秋の陽が温める椅子に二人坐しヒシクイ飛来する沼を見ている

山麓の市場に求めし無花果のひと籠を提げ野道をゆけり

長靴を履きて春菜の種を蒔く人は小春日に埋もれるように

人里に忍び寄るごと流れ入る川霧の中に子犬の声す

谷底をミニチュアのごとゆく列車紅葉ずる楓の葉群にまみれ

常なれば一輛の列車休日は三輛にゆく紅葉の峡を

切り倒すピラカンサスの枝枝より丸い実ひかり零れんばかり

上弦の月浮くままの空もよう今年の初雪斜めに降りたり

三年間使いきれると思いたし日記帳ふたりの冊を求める

月光《かげ》が軒端に及び干し柿の影をかすかに浮き立たせおり

頂のひとつところに若駒の雪形を見る冬ばれの朝

いささかの人のみが知る町史なり石灰のセールスに賢治訪いしこと

イスラエル便

文字起こす使命たずさえ海をわたる若きおみなは宣教師として

書きことば持たざる民の夕食後つどい学ぶをしずかに語る

氷紋をかすかに浮かすうす氷あさの光にゆるみ始める

ナツメヤシに文が添えられ届きたり花の切手のイスラエル便

ひと雨に丘は緑におおわれる優しい季節と文は記せり

ふくふくと酵母の匂いを立たしめるパン賜る日水仙の咲く

箸二膳　二枚の皿を洗い終えコップの薔薇に水を加うる

母の日の贈り物とう「のどぐろ」が届き調理の本を捲りぬ

朝のコーヒー

黒土を光が濡らし現るる木木の根かたは丸く雪融く

濃紺のコートを車窓の辺に吊し上り電車に走る弥生を

遅霜と見紛うほどに休耕の田の面充たせりぺんぺん草の

退院せる人いて閉ざすカーテンの間より萌葱のひかり入りくる

病む人とことば少なにとる昼餉リラの芽吹きを目に留めながら

新緑を眩しく透す硝子戸の内に朝のコーヒーを飲む

いっせいに同じ音色で蛙鳴く家のあかりの田に映るころ

あの日より斜に傾く電柱を映す水田に早苗の戦ぐ

燕と暮らす

病室の窓より見ゆる頂は花の祭りか灯りがともる

パソコンの画面に病巣を写しだし医師の説明たんたんと終わる

数本の管をつけられ臥す人の寝息確かめあかりを消しぬ

手術後の回復めざし靴音をひくく引き摺り歩行する人

まず口へレタスを運び味わいぬ夫の退院が戻す日常

泥や藁集め燕が巣を作る牡丹の蕾ゆるみだすころ

ベランダに巣作り終える燕らの観察日記を書き始めたり

通勤のごと朝朝に飛び来ては卵を抱く燕と暮らす

運ぶ餌のトンボ一匹に子燕の口の動きがにわかにせわし

子燕と侮るなかれ丸ごとのトンボことなく食みおえてゆく

巣より身をのり出す燕を納めんとカメラ向けるにつぎつぎ隠る

朝早く手すりに止まりしばし鳴く燕はここで生れし一羽か

佳きことのありて秋刀魚を焼く夕べレモンふたきれ花形に添う

晩夏の光

スティックの打つスイングに身を委ね欅葉群の木漏れ日の下

ゆきあいの空を見上げて酒のうた歌う女《おみな》の首筋に汗

歌声が欅並木を流れゆきとぎれとぎれの残響となる

サックスを頬ふくらませ吹く人の項にそそぐ晩夏の光

まなこ閉じ身をよじり吹くサックスに晩夏の光しろく及べり

救急車のサイレンの音をかき消してドラムスティック　スピードを増す

音量を上げるロックの生演奏　片足をあげ人らの踊る

ボサノバの囁くように打つビートあかねの雲が少しくずれる

オレンジ色の雲のかたまり動かざり異国のリズムに街暮れかかる

アドベント迫る

小春日に静もる燕の巣の中に小さな羽毛の一片が残る

山脈の雪が日ごとに広がりぬ軒端の大根すこし縮まる

カーテンの破れが見える廃屋の庭に眩しき柘榴の割れ実

その昔お馬をおんまと読んでいた父の命日いつしか過ぎき

鳴きながら乱れ飛びする大群の雁はたちまち列を整う

アドベントまぢかに迫る霜天にポインセチアの斑入りを求む

霜枯るる野に芥子菜のあおあおと葉裏をかえす光射すとき

斑雪降る

銀色のうろこに全身つつむ魚　尾びれをゆらし冬の日を浴ぶ

そよ風や花の香りを知らざらん水槽に生くるタナゴ一群

大地踏む足太太と四本の爪持つ白鳥われを見ており

歴史書は旧約聖書と言う人の目もとの笑みは気骨をかくす

国会の中継を聴く昼餉どきいつしか黙し箸止める夫

真っ直ぐに伸びはじめたる水仙の尖る葉先に斑雪降る

靴跡に交じるけものの足跡の連れもいるらし藪に消えたり

一枚の刈田に雁と白鳥が知り合いのごと餌を啄む

木の下に去年植えたる福寿草を探す枯葉を指に掃きつつ

復活祭

畑すみに蕗の薹が芽吹きおり田起こしなせるトラクターの音

昨日より少し頭をもたげたる土筆に今朝のなごり雪淡し

安政や元治と記せる墓をうずめ咲く黄の花のひともととなる

抉られたように大きな洞を持つ古木の枝を花つつみ咲く

菖蒲咲き桑の若葉を風わたる空き家となりて久しき隣家

パンの香のしるく漂う復活祭花びらのかたちの耳かざり付く

種入れぬパン匂い立つ会堂に聖餐を受く明日は望月

幼子の爪先立ちに届くところ絵本のかげに茹で卵置く

ポトラックの皿に載りいるマドレーヌわたしが焼いたと小学生が指す

春来ればマリア・クララの修道名お返しすると記す文受く

ハンガリーへ君を送りてふたとせのイースターカードに安否を訊ぬ

サックスの音色流るる聖日の朝まなこ閉じハレルヤと和す

水仙の芽が真っ直ぐに伸びるうえ干すTシャツに春風からむ

朝影の中

人を焼く煙が細くゆれのぼる泰山木の若葉そよぐ日

魂の名残とどむる額に添うる赤きガーベラ星ながれたり

骨壺にみ骨拾いて重ねゆくわれより若き従兄弟の葬に

虎杖の葉柄《ようへい》赤く道の端に迫り出すを踏む朝影の中

梅ジャムの匂いかすかに漏るる朝小鳥の囀り耳に解け合う

五センチに足らぬ胡瓜の棘の上に乗る朝露は銀色なせり

頭の毛みだす燕の五羽の雛ひまわり色の口開けて待つ

指先を汚し茗荷を摘む朝に飛ぶおさらいを燕の子らす

昨日とかわらず早朝飛び出して燕の子らは夕べ帰らず

氷菓を解く

片膝をつき草を引く指先に夕べの土の暑さ伝わる

摘む紫蘇の葉に残りいる日の匂い指に移して蜩を聴く

入院を控える父と食事する子らのことばの常より柔し

半合の米を研ぎ終え病む人の看護に通う朝な朝なを

軽き音明《さや》かにたてる吹き流し看護の後に七夕を見る

広瀬川流れる岸辺と口ずさみ吹き流しのした人に紛れぬ

七夕の和紙の擦れを聞きながら署名用紙にためらわず書く

並木路の葉擦れゆかしく耳朶にため木の下陰に氷菓を解く

結婚をひかえる子の荷に潜ませる予防接種を記す母子手帳

背に浅く隠し庖丁入れて焼く二尾の秋刀魚の黄色の下あご

清しき声

子燕の白く汚せる床洗い少しずつ夏を片づけてゆく

不慣れなるローマ字の文字ゆがみつつ南瓜が好きと記す文受く

苞が透け蕾の色をのぞかせる曼珠沙華二本にとんぼが止まる

一株を引き残しおく月見草やわき花びら朝朝ひらく

拡大鏡使い手ゆびの爪を切る妻となる人を子が連れて来る

ごく薄く紅ひき髪を整える客待つ夕べせりせりといる

穏やかにことば言いかくる人の手を諸手に包みかたく握りぬ

長月の十三日に入籍を済ませましたと届く文読む

入籍の日の新聞を子に送る朝に色さす水引草は

新しく家族となりし人の名を声ぎこちなく呼ぶ優美ちゃんと

おかあさん清しき声もて呼ばれたりふと秋桜の白花おもう

高原大根

もみじ降る土より白い首を出す大根の向きは自由自在に

栗駒の山の麓に成長する高原大根の白みずみずし

高原の薄の根もとの草もみじ大根畑をぐるりと囲む

一袋二本入りなる大根の葉の毛は柔く指になじめり

捨てられずまたしまい込む若き日に幾度も読みし『きけわだつみのこえ』

色褪せる文字をルーペに辿り見る生きる勇気を失うなと読む

二本目の蠟燭をともすアドベント小雨がいつかみぞれとなれり

止む気配なく斜に飛ぶ雪のなか狐二匹が刈田を走る

備忘録

CTの結果の知らせをただ待ちぬ長きながき時を黙して

日の満ちるベンチを探し散歩する外出許可の出たる霜の日

腕を組み冬の日だまり歩みゆく入籍すます子を語りつつ

吐く息の静まるまでと公園のベンチに坐せば鳩の寄り来る

如月の朔日と決まる退院日過ぐる五十四日の備忘録読む

リラの香を放つ色紙を貼りてゆくひよこ飛び出す仕掛け絵本に

大河の向こうに

葦原は駱駝の色に彼方まで続いておりぬ大河をはさみ

風笛のごとさらさらと葦原に音色のかわき戦ぐものあり

わが背丈はるかに越して天に伸ぶる葦は節もつところどころに

殉職をせし十人の教師らの職場を望む大河の向こうに

校庭の雨ニモマケズと記される卒業制作を波は流さず

春の雨激しく染みる並木路の欅の枝はなべて漆黒

青草のいまだ揃わぬ埒の内子馬は跳ねる和毛勢《はず》ませ

はこべ咲く弥生の朝花かごが届けられたりわが誕生日

誕生日の祝いの品に添えらるる深紅の薔薇は石けんの香り

燕飛ぶ野道を遠く歩み来て背反《せな》らし見る空の青きを

母の声

少年らは土手の傾りに寝ころがり雲眺めいる語ることなく

農道に体投げ出し寝ころべる少年たちは今　春休み

桜散り梨の花咲く夕ぐれにお明日《みようにち》と言う母の声聞く

切り紙のごと降る雪の影うすく弥生しまいの聖日の朝

梨畑の花より高く鯉およぐ朝の水田に朱色を映し

引く草の莢に触れれば不意に飛ぶ小さな種が頬を打ちくる

夕焼けの雲に背を向け飛ぶ燕田の面にしなう早苗の上を

雪どけの水たどり着く分水嶺黄の花びらを左右に流す

茗荷を掘る

穏やかに暮らせる町を八月の実弾射撃の轟音が包む

旅立ちの暇乞いせる二羽なるやベランダに燕がしばらくをいる

卵かけごはん隠れて食べましたメールが届くイスラエルより

靴の陰に潜む馬追鳴き止まぬ深夜の湯より上がりしのちも

玄関の居場所あかさぬ馬追は奏でるリズムの音量を増す

胡瓜切るさやかな音を耳にため今日会う人の訛りを思う

降る雨の音にまじれる蟬の声桜並木の街うるおせり

藪に咲く花を探して茗荷掘る晩夏の影の背に迫りつつ

リトグラフ

採血は朝の日課と病む人は病衣を捲り看護師を待つ

右腹にマーキング付け放射線照射を明日に控える夫は

マーキングを消さぬようにとシャワーする人の背中を丸く洗いぬ

避難せよアラーム鳴りて呼びかける一級河川を背に微睡む夜

八時半の電車に乗る日が続くなり夫の退院は日曜の朝

額を上げ生きねばならぬこれからも白き石鹸にスニーカー洗う

警笛を鳴らす電車が稲藁を燃やす煙の中走り抜く

畦道の小川のへりの薄氷なかにもみじ葉幾ひらを閉ず

病院の待合室のリトグラフ温もり淡きポピーの花束

ハヌカの祭り

聖餐のパンが咽喉を下りゆく時を目を閉じ聞く雨の音

ユーカリのエキスの混じる飴を受くハヌカの祭りに静もる国より

ふるさとの風に身を染め仕事場は畑と言い切る人の眼やわし

SEE YOUと握手を交わし木枯らしの荒ぶ街へと出でゆく十五時

白髪は老いの冠　染髪をしないと決める片時雨どき

光沢のよみがえるまで磨きたり転居せし子の薬缶の底を

嘴に当たる光の鋭《と》く弾け警戒とかぬ刈田の鳥ら

病室の窓より花の蕾から零るるまでを眺むるふた月

朝あさに花の並木を下に見て病む人の顔まろく拭きやる

春風吹かな

葦の穂のうごかぬ原を足早に五千歩をゆく雲の行方に

ポケットの右手を強く握りしめ山脈に積む雪仰ぎたり

マフラーをほどく漫歩の日を待てり道にみどりの萌せる頃を

幾たびも大丈夫だとつぶやいて三つ星かくす淡雪に濡る

諸手あげ祝禱ささげる師の声がステンドグラスの内に響けり

目が合えば疲れないかと気を遣う臥す人の声くぐもる今朝も

臥す人の寝息に合わせうとうとす空の青さを望みとなして

祈ってるね笑みて静かに手を握る春風吹かな病室を出づ

迷わずに深みに漕ぎ出し網を打て命令形に言葉《ことば》降りくる

花燃ゆる日は

病室の窓より見ゆる並木路に花咲きそろうと朝の会話に

励ましの言葉つねなるドクターの回診待てり花迫る窓べ

咲き満ちる花をながめず病む人の寝息に合わせひと日しずかに

病む人の片方の椅子に身を寄せて共に午睡す花燃ゆる日は

夕ぐれのせまる時刻にもてあます危うさにぎり祈りの長し

退院は無理かもしれぬと君言うを聞こえぬふりしてカーテンを閉す

痛みどめ吐き気どめの注射打ち効かぬ夕べは手を摩りやる

生き方を変えたと言いて病む人はイエスを信ずと深く頷く

山脈の残雪うすくなり来たり看護の朝は今日五十日

入院に履きたる靴の持ち主の不在となりて靴よどうする

浜だいこん咲く

アメイジン・ググレイス歌い弔いの式おわりゆく四月十日は

亡き人の去年《こぞ》に植えたるアスパラの太く育つを朝朝に待つ

残雪の描く駒形ゆるびくる山に向かいて歩を弾ませき

残されし日記に記す筆圧の弱くなりつつ妻への感謝

古きより咲き継ぎ来たる浜だいこん夫植えけるが今日花開く

四枚の花びらに咲く浜だいこん紅淡き花君は好みき

知る人のなき街なれば腕を組みともに歩みき粉雪のなか

飛行機が雲に入りゆく轟音の号泣に似てひとり草引く

ひとりでも生きねばならぬそう決めて早寝早起き目標とする

野の道をゆけば水田に赤銅の屋根映りおり青葉の弾む

山道は青葉の戦ぐ九十九折みどりに埋もる小さき水田は

朝あけのころ

米二合かの日のように研ぐ朝は洗濯ののち予定のあらず

ピーマンが嫌いであった人を想う朝のサラダにうすく切り添う

目を細め笑顔の君があらわれる夢は決まって朝あけのころ

かの人の残せし日記に目を通すわれの知らざる優しさに遇う

安らぐと夫の好みし籐椅子にいまそよ風の寄り来て座せり

世帯主おおさかやすこと記しある町民税の納付書が届く

生前に君が決めたる墓石に十字架刻む青写真届く

色薄きピンクの石に刻まれん十字と君の好みし「安寧」と

懐かしき声

記念日と言いつつ集い来る子らがわれの知らざる父を語りぬ

一本《ひともと》の支え木を欠く夕ぐれは心の軸の定まらずいる

削られしままに２Ｂの鉛筆が三月前より使われずある

潤み声ふるわすように鳴き止まぬ山鳩霧のとばりの内に

地図帳の星の印はあまたあり山の緑の鮮らけき尋《と》め

この三月ひとりの賄いまだ慣れず卓の向こうに君がうつし絵

若き日に君に教わる岩煙草いま花のころ登山靴履く

籐椅子に凭れ日課の新聞を読む姿なく半年が経つ

声合わせ「家路」を歌う日のありき厨にひくく口遊みたり

明け方の夢にあらわれ笑みたまい好きに生きよと懐かしき声

吾木香の季節は巡り瓶に挿す君の愛でたる尾花と共に

十字架と安寧の文字彫りしるす石あたらしく桜木の下

丘より望む

雨粒が満天星の葉を流れ落つ夕餉の卓は鋤焼きと決む

ケストナーの『ふたりのロッテ』を書架に見る焚書の犠牲に遭いし作者の

コーヒーにスプーン一杯の蜂蜜を落とす朝なり雁渡る声

切り抜きを日課となして新聞を広げる指に秋の陽およぶ

夫からの言《こと》のは残るスマートフォン読みゆく白きひかりの中に

文科省が黙禱半旗をかかげよと　身を捩らせて咲く泡立草

児の指がこわごわと伸び梨をもぐ葉群を揺らす時おりの風

大き梨両手に包みねじりもぐ児の眼鋭し踏み台のうえ

蘗が淡いみどりに萌え揃う大崎耕土を丘より望む

雨の日は若き心へ帰りゆかん『ふたりのロッテ』読み始めたり

雁わたる下

指先が悴んでくる雪の夜知恵の輪ひとつ玩びおり

ストーブの薬缶の湯気がふわふわと想い出つれ来るにしばし付き合う

だしぬけに帰宅する子の背の荷より花の模様の障子紙のぞく

子が着ける父の形見の紺のシャツ袖の短く手首の見ゆる

積む雪が夫の名前をかくしたり桜の下なる公園の墓地

記念日を忘れてないかと告げにゆく花の蕾の固き墓前に

小さめのケーキふたつを求めきて讃美歌うたいひとりに祝う

乾杯とグラスかかげる人のなく祝ささやかに記念日の過ぐ

召天式にうたいし讃美歌声高くうたい両手に骨を納める

蒼空へ溶けゆく牧師の祈る声雁わたる下納骨の済む

あとがき

『安寧』は『羽ばたき』、『暁の光のように』、『翼をのべて』に続く第四歌集です。二〇一一年から二〇二一年の間に旅笛誌、長風誌に発表した作品の中から五二〇首をおさめるものです。

歌集名『安寧』は、以前夫と墓のことを話し合った時、「座右の銘だ」と語った夫の希望を取り入れ、夫と私の墓に刻んである言葉です。

この十年余の間に東日本大震災を経験しました。また、息子が妻を迎え新しく家族に加えられたことは幸いな事でした。教会生活のこと、ふるさとの自然のこと、そして、夫の介護と看取り等の作品をおさめました。

歌集を編むにあたりまして、選歌は旅笛の会の角倉羊子様、校正は黒崎由起子様にお願いいたしました。数数のご助言をいただきましたこと、心より感謝申し上げます。原稿作成にあたり労をおとりくださいました、古川福音自由教会の牧師　門谷信愛希様、共に学ぶ機会を与えてくださる風の会の皆様方に感謝いたします。

このたびも出版のすべてにわたり、細やかなご配慮をいただきました、砂子屋書房主田村雅之様、装丁の労に汗してくださいました、倉本修様に厚くお礼申しあげます。

二〇二二年　四月八日

大坂康子

著者略歴

大坂康子（おおさか　やすこ）

一九四四年　宮城県に生まれる
一九八一年　「長風」短歌会入会　杉本　清子に師事
一九九七年　宮城県芸術協会入会
二〇〇〇年　第一歌集『羽ばたき』
二〇〇二年　宮城県芸術祭文芸賞受賞　上月　昭雄に師事
二〇〇五年　第二歌集『暁の光のように』
二〇一〇年　「旅笛の会」短歌会に入会
二〇一二年　第三歌集『翼をのべて』
二〇一六年　現代歌人協会入会
二〇一八年　日本歌人クラブ入会

歌集　安寧

二〇二二年五月三日初版発行

著　者　大坂康子

宮城県遠田郡美里町関根字館野四一―五（〒九八七―〇〇〇六）

発行者　田村雅之

発行所　砂子屋書房

東京都千代田区内神田三―四―七（〒一〇一―〇〇四七）

電話　〇三―三二五六―四七〇八　振替　〇〇一三〇―二―九七六三一

URL http://www.sunagoya.com

組　版　はあどわあく

印　刷　長野印刷商工株式会社

製　本　渋谷文泉閣